The Little Doctor
El doctorcito

By / Por
Juan J. Guerra

Illustrations by / Ilustraciones de
Victoria Castillo

Translation by / Traducción de
Gabriela Baeza Ventura

Piñata Books
Arte Público Press
Houston, Texas

Publication of *The Little Doctor* is funded in part by a grant from the City of Houston through the Houston Arts Alliance. We are grateful for their support.

Esta edición de *El doctorcito* ha sido subvencionada en parte por la ciudad de Houston a través de la Houston Arts Alliance. Le agradecemos su apoyo.

Piñata Books are full of surprises!
¡Piñata Books están llenos de sorpresas!

Piñata Books
An Imprint of Arte Público Press
University of Houston
4902 Gulf Fwy, Bldg 19, Rm 100
Houston, Texas 77204-2004

Cover design by / Diseño de la portada de Bryan T. Dechter

Library of Congress Cataloging-in-Publication Data available.

∞ The paper used in this publication meets the requirements of the American National Standard for Permanence of Paper for Printed Library Materials Z39.48-1984.

Printed in Hong Kong in October 2016–December 2016
by Book Art Inc. / Paramount Printing Company Limited
10 9 8 7 6 5 4 3 2 1

To the healers in every family embarking on the journey to join this great country's health care work force. Culture matters!
To my family, friends and Abuela "Conchita," for nurturing El Doctorcito to the professional I am today.
—JJG

To Fausto, who believed first, fiercely, and to the very end. All my love and gratitude always.
—VC

Para los sanadores de cada familia embarcados en el viaje de hacerse parte de la
fuerza laboral de la salud de esta gran nación. ¡La cultura importa!
Para mi familia, amigos y Abuela "Conchita", por apoyar al Doctorcito que se convirtió en el profesional que soy ahora.
—JJG

Para Fausto, quien fue el primero en creer firmemente hasta el final. Todo mi amor y agradecimiento siempre.
—VC

The sun smiled on Salvador as he raced home from school. He had earned an A+ on his fourth-grade science test and couldn't wait to tell Abuela and celebrate this accomplishment with his family.

El sol le sonreía a Salvador mientras corría a casa. Se había sacado una A+ en la prueba de ciencias del cuarto año y estaba ansioso por decírselo a Abuela y celebrar este logro con su familia.

"*Hijo*, I need you to go with me to the clinic. Your mother can't go with me," said Abuela when he walked into the house.

"What's wrong, Abuelita?"

"Nothing is wrong, *m'ijo*. Help me speak English," she said in Spanish.

"Don't worry, Abuelita, I'll help you!"

—Hijo, necesito que me acompañes a la clínica. Tu mamá no puede ir conmigo —le dijo Abuela cuando entró a la casa.

—¿Qué pasa, Abuelita?

—Nada, m'ijo. Ayúdame a hablar inglés —dijo en español.

—No te preocupes, Abuelita, ¡yo te ayudaré!

Salvador and Abuela headed to the bus stop.

"Congratulations on your A+," said Abuela.

"I answered all the questions right," Salvador said with pride. "But when our science teacher asked if we knew how to become astronauts or archeologists . . ."

"Yes . . . ?"

"No one knew. Then *I* asked, how do you become a doctor?"

"What did she say?"

"She encouraged me to find out for myself."

Salvador y Abuela caminaron hacia la parada del bus.

—Felicidades por la A+ —dijo Abuela.

—Contesté todas las preguntas correctamente —dijo Salvador muy orgulloso—. Pero cuando la maestra de ciencias nos preguntó si sabíamos qué hay que hacer para ser astronauta o arqueólogo . . .

—¿Sí . . . ?

—Nadie supo. Luego yo le pregunté cómo se hace uno doctor.

—¿Qué te dijo?

—Me dijo que por qué no averiguaba por mí mismo.

Inside the clinic, they were greeted by the longest line Salvador had ever seen! The people looked like his neighbors. Some were coughing, moaning and fussing. One lady sat crying.

Salvador tried his best to comfort her.

"Don't cry, Miss, the doctor will help you."

Adentro de la clínica los recibió una de las colas ¡más grandes que Salvador había visto! La gente era parecida a sus vecinos. Algunos estaban tosiendo, quejándose y temblando. Una señora estaba llorando en una silla.

Salvador hizo todo lo posible por consolarla.

—No llore, Señora, el doctor la va a ayudar.

When it was finally Abuela's turn, a lady with red-framed glasses asked Salvador several questions about his grandmother.

"Miss," Salvador said, "my grandmother is here for a checkup. Is there a doctor that speaks Spanish?"

"No, we don't have one," replied the lady and escorted them to a room that smelled like rubbing alcohol.

Salvador knew that everything was now up to him. He stared curiously at the equipment on the walls.

Cuando por fin fue el turno de Abuela, una señora con lentes rojos le hizo varias preguntas a Salvador sobre ella.

—Señorita —dijo Salvador— mi abuela está aquí para un examen. ¿Hay un doctor que hable español?

—No, no tenemos un doctor que hable español —respondió la señora y los llevó a un cuarto que olía a alcohol.

Salvador sabía que todo estaba en sus manos. Miró el equipo en las paredes con curiosidad.

"Look, Abuelita," said Salvador, pointing at the instruments. "It looks like the doctor's kit I got for my birthday!"

A nurse came in and instructed Abuela to change into a gray robe. Salvador offered to step outside so that she could change clothes.

"Salvador, don't leave me!" insisted Abuela.

This was Abuela's first time seeing a doctor in the United States. In El Salvador, she often saw a *curandera*, a neighborhood healer. Or she simply drank an herbal tea whenever she felt ill. And *everyone* spoke Spanish. For Abuela, communicating in her native language was very important.

—Mira, Abuelita —dijo Salvador, señalando los instrumentos—. ¡Se parece al maletín de médico que me regalaron para mi cumpleaños!

Entró una enfermera al cuarto y le pidió a Abuela que se pusiera una bata gris. Salvador le dijo que saldría para que se cambiara.

—¡Salvador, no me dejes! —insistió Abuela.

Esta era la primera vez que Abuela iba a ver a un doctor en los Estados Unidos. En El Salvador, a menudo iba con una curandera o simplemente tomaba un té de hierbas cuando se sentía mal. Y *todo* el mundo hablaba español. Para Abuela, comunicarse en su lengua nativa era importante.

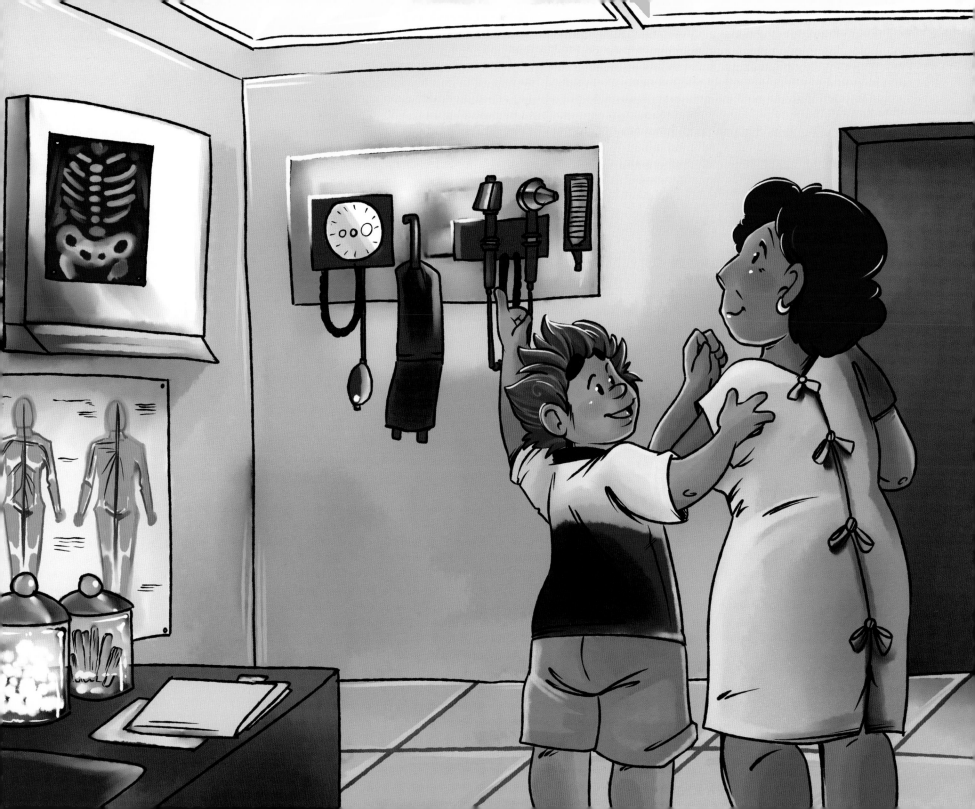

Suddenly, as if blown by the wind, the door swung open and in rushed the doctor. He examined Abuela. Salvador repeated the doctor's instructions to her in Spanish.

"Now tell her that I'm going to check her blood pressure," said the doctor.

Salvador watched closely as he heard a hissing sound from the instrument on her arm.

"Tell your grandmother her blood pressure is high," barked the doctor. "She needs to stop eating so much Mexican food and eat more fruits and vegetables. And she needs to take medicine."

"But, Doctor, we're from El Salvador. We don't eat Mexican food!"

De repente, se abrió la puerta como si el viento la hubiese soplado y entró el doctor con mucha prisa. Examinó a Abuela. Salvador repitió las instrucciones del doctor en español.

—Ahora dile que le voy a tomar la presión —dijo el doctor.

Salvador observó atentamente mientras el instrumento hacía un silbido en el brazo de Abuela.

—Dile a tu abuela que tiene la presión alta —ordenó el doctor—. Tiene que dejar de comer tanta comida mexicana y comer más frutas y verduras. Y tiene que tomar medicina.

—Pero, Doctor, nosotros somos de El Salvador. ¡No comemos comida mexicana!

The doctor stood up and walked out, slamming the door behind him.

"What did he say?" asked Abuela.

"Your blood pressure is high, and you need to take medicine," explained Salvador.

"Salvador, that doctor rushed in and out!" complained Abuela in Spanish. "If this is the care I get in the United States, I might as well return to El Salvador! Salvadoran doctors listen. They want to know about you and how your family is. In El Salvador, the doctors really care for their patients!"

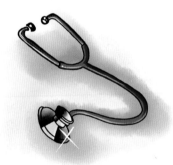

El doctor se levantó y salió dando un portazo.

—¿Qué dijo? —preguntó Abuela

—Que tienes la presión alta y necesitas tomar medicina —explicó Salvador.

—Salvador, ¡ese doctor entró y salió del cuarto corriendo! —Se quejó Abuela—. Si este es el trato que voy a recibir en los Estados Unidos, ¡mejor regreso a El Salvador! Los doctores salvadoreños te escuchan. Quieren saber de vos y tu familia. En El Salvador, ¡a los doctores sí les importan sus pacientes!

Salvador had never seen Abuela this upset.

"Abuelita, let's get your medicine," Salvador suggested.

"I won't take that medicine!" exclaimed Abuela.

"Abuela, please take the medicine!" pleaded Salvador. "It will help you."

Salvador jamás había visto a Abuela tan molesta.

—Abuelita, vamos por tu medicina —le sugirió Salvador.

—¡No tomaré esa medicina! —gritó Abuela.

—Abuela, ¡por favor! toma la medicina —le rogó Salvador—. ¡Te va a ayudar!

As they left the clinic, Salvador went over to help a nurse struggling to push a man in a wheelchair.

"Thank you, young man," said the nurse.

"Excuse me, Nurse, how does one become a doctor?" asked Salvador.

"Well, you go to college and medical school," she said.

Cuando estaban saliendo de la clínica, Salvador fue a ayudar a una enfermera que estaba batallando para empujar a un señor en una silla de ruedas.

—Gracias, joven —dijo la enfermera.

—Disculpe, Enfermera, ¿cómo se hace uno doctor? —preguntó Salvador.

—Pues, tienes que ir a la universidad y a la escuela de medicina —le dijo.

On the ride home, Salvador wondered why Abuela's visit had gone so poorly.

"I'm sorry you're upset, Abuela," he said. "There must be a clinic with better doctors. If only that doctor spoke Spanish . . ."

Salvador imagined himself wearing a doctor's coat in a clinic where everyone spoke English *and* Spanish!

"*Salud en español,*" whispered Salvador.

"*¿Salud en español?*" asked Abuela.

"Yes, Abuela, health in Spanish!"

De regreso a casa, Salvador se preguntaba por qué había salido tan mal la visita de Abuela al doctor.

—Siento mucho que estés molesta, Abuela —le dijo—. Tiene que haber una clínica con mejores doctores. Si sólo ese doctor hubiese hablado español . . .

Salvador se imaginó vestido con una bata de doctor en una clínica ¡donde todos hablaban inglés *y* español!

—Salud en español —susurró Salvador.

—¿Salud en español? —preguntó Abuela.

—¡Sí, Abuela, salud en español!

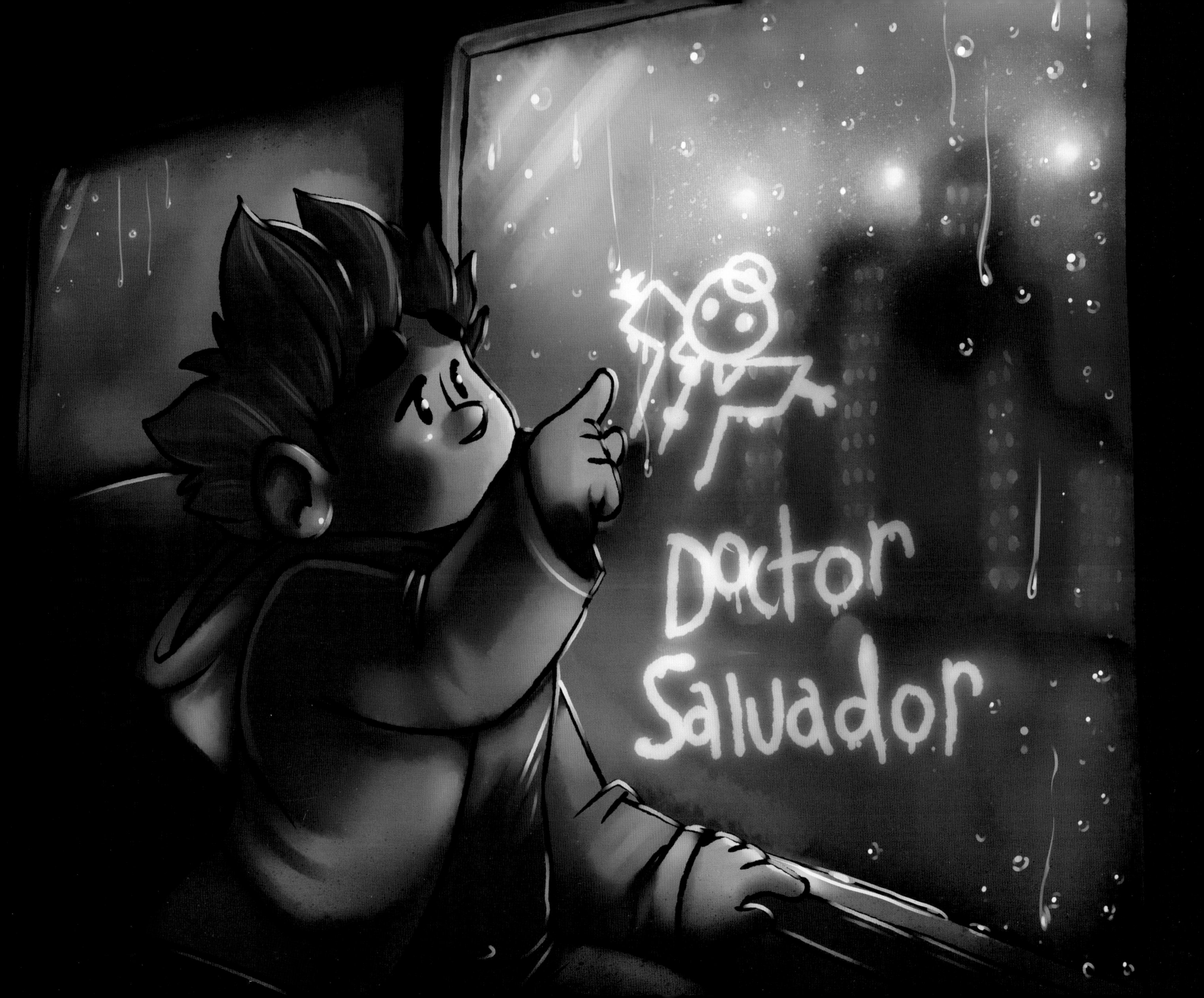
Doctor
Salvador

The bus reached their stop.

"Salvador, thanks for coming with me," Abuela said as they walked back home.

"I'm sorry the doctor was not nice. I cannot take you to see another doctor like that one ever again!"

El bus llegó a su parada.

—Salvador, mil gracias por acompañarme —dijo Abuela mientras caminaban a casa.

—Siento mucho que el doctor no haya sido amable. ¡No te llevaré a ver otro doctor como ése nunca más!

At dinner, the family celebrated Salvador's A+ on his test. Mamá prepared *arroz con pollo*, his favorite chicken and rice dish.

Recalling the events of his day, Salvador asked, "What if I became a doctor?"

"You will have to work very hard, son," said Papá.

"I know I can do it, Dad. I want to be a doctor!" insisted Salvador.

Durante la cena, la familia celebró la A+ del examen de Salvador. Mamá preparó arroz con pollo, su platillo favorito.

Al recordar los eventos del día, Salvador preguntó —¿Qué tal si me hago doctor?

—Tendrás que trabajar muy duro, hijo —dijo Papá.

—Sé que lo puedo hacer, Papá. ¡Quiero ser doctor! —insistió Salvador.

That night, he imagined the amazing journey of becoming a doctor, wondering about mysterious and marvelous places like college and medical school.

He envisioned a world with doctors who looked like him and spoke English and Spanish.

Knowing that his magical adventure would begin the very next day, Salvador drifted off to asleep.

Esa noche pensó en la increíble travesía que sería hacerse doctor, especialmente en misteriosos y maravillosos lugares como la universidad y la escuela de medicina.

Se imaginó un mundo con doctores que se veían como él y hablaban inglés y español.

Salvador se quedó dormido sabiendo que su mágica aventura empezaría al día siguiente.

Juan J. Guerra, a doctor specializing in obstetrics and gynecology at Kaiser Permanente Oakland Medical Center, is the co-founder of *Salud en Español,* a clinic for Latinos. He is a graduate of Pomona College and the University of Illinois School of Medicine. He was four years old when his family emigrated from El Salvador to Los Angeles, California. As a young boy, like many immigrant children, Juan had to translate for his grandparents. His experiences with his Abuelita Conchita and the U.S. health care system led to his passion for providing quality health care to culturally and linguistically diverse people; they are the basis for this book. Outside of the health care setting, Juan enjoys spending time with his wife Tamy and playing basketball and soccer with their sons, Salvador and Sebastian. This is his first picture book. Learn more at: www.juanjguerra.com.

Juan J. Guerra es un doctor que se especializa en obstetricia y ginecología en Kaiser Permanente Oakland Medical Center y es co-fundador de *Salud en Español,* una clínica para latinas/os. Se graduó de Pomona College y University of Illinois School of Medicine. Cuando tenía cuatro años, él y su familia emigraron de El Salvador a Los Ángeles, California. Cuando era niño, como muchos niños inmigrantes, Juan tuvo que traducir para sus abuelos. Las experiencias que vivió con su Abuela Conchita y el sistema de salud estadounidense lo motivaron a proporcionar cuidado médico de calidad a la gente de distintas culturas e idiomas; ellas/os son la base de este libro. Fuera del ámbito de la salud, Juan disfruta pasando tiempo con su esposa Tamy jugando baloncesto y fútbol con sus hijos Salvador y Sebastian. Éste es su primer libro. Para saber más sobre el, visita: www.juanjguerra.com.

Victoria Castillo, an illustrator and comic artist, has a degree in creative writing from the University of North Texas. Her Colombian mother and Mexican father ensured that she was exposed to different cultures from an early age. She has travelled extensively, and those adventures taught her the importance of diversity. She credits her passion for languages and communication to these experiences. Victoria loves vibrant, expressive shapes and colors. She surrounds herself with books, toys, music, cartoons and monsters of various forms and sizes for inspiration in her drawing, sculpting and painting. She lives in Texas with her family and numerous dogs. *The Little Doctor / El doctorcito* is the first book she has illustrated.

Victoria Castillo es ilustradora y artista de cómics y tiene una licenciatura en escritura creativa de University of North Texas. Sus padres, mamá colombiana y papá mexicano, se aseguraron de exponerla a distintas culturas desde pequeña. Ha viajado extensamente, y esas aventuras le han enseñado la importancia de la diversidad. Ella considera que su pasión por los idiomas y la comunicación nace de esas experiencias. A Victoria le fascinan las formas vibrantes y expresivas así como los colores. Para inspirarse en el dibujo, escultura y pintura se rodea de libros, juguetes, música, caricaturas y monstruos de varias formas y tamaños. Vive en Texas con su familia y muchos perros. *The Little Doctor / El doctorcito* es el primer libro que ilustra.